Nilhomar J. Bordones T.

Soy María, pero no la virgen.

Nilhomar J. Bordones T.

Soy María,

Pero no la virgen.

Nilhomar Bordones

Venezuela, 2022

Soy María, pero no la virgen

A la fugaz desnudez que brota de un beso…

A los pecadores sin condena.

A esos instantes que visten el lecho de los amores más intensos.

A los amantes…

Sin dioses.

Sin flores.

Sin anillo.

Sin tiempo.

Aquellos que no esperan mucho y lo viven todo.

Soy María, pero no la virgen

Índice

Soy María, pero no la virgen

Prólogo

A la par que pasaban los días desde que María López regresó al poblado de Las Garzas, caían sobre ella, cual torrencial aguacero, infinitud de recuerdos y como es de imaginar, mientras unos le daban consuelo, otros le duplicaban en agobio.

Maravillosos días de mocedad impregnados del amor y buenas atenciones de Mama Lupe, como solía llamar a la responsable de su tutela desde que su madre murió, siendo ella aun niña.

El idilio con aroma y la locura del amor verdadero que se pierde en la inseguridad que da la intermitencia.

Y otras tantas verdades, que esperan libertad.

Esta historia, con tanta fuerza en sí misma, me obligó a transcribirla para evitar que se perdiese en el tiempo o mejor dicho para lograr que se mantuviese en el aire.

La escuche una tarde de domingo sentado en la misma Plaza Bolívar (Plaza Central) del Pueblo de Mariara (Colonia de Garzas), Venezuela, mientras esperaba el bus en el que iniciaría el trayecto de regreso a casa.

Tiempo después y luego de una paciente reconstrucción mental de aquel relato, algunos borradores, les obsequio esta historia que pudiese ser real o imaginaria, pero de igual manera, en esencia la sostiene ese eje transversal, origen y vida misma, que llamamos: Amor.

Palabras

"Cuánto quiero confesarte,
Mis secretos.
Por ahora te los muestro,
Con los dedos.
Pretendiera hoy contarte, que te quiero.
Y gritar a cuatro vientos, mi silencio.

Quiero mostrarme a ti.
En mil sentidos.
Y decirte que te amo, cuando quiera.
Si pudiera, te cantará, con el alma.
Si pudiera, entonaría, tu balada.

Mi voz no alcanza.
Presto mis labios para que sientas, mi deseo.
Grito confeso, confinado en mi garganta.
Y en mis ojos, ve lo linda; que te veo.

Mi voz, es jaula.
Si te acercaras a la puerta, yo pudiera.
Darte mi vida, una llave y dos alas.
Tú le escribieras a mis días…
Abre la jaula.
Mi voz no alcanza".

Nilhomar Bordones

Capítulo I

Pecado Original

¡Padre!, he pecado, ¡Padre!, he pecado. En voz baja, casi a susurros, irrumpió María al confesionario, buscando redención en las palabras del padre carmelita José María Destriana, hombre de pausado hablar, voz ronca y muy elocuente, quien siempre atinaba en dar alivio al sufrimiento ajeno, tan alto como flaco a pesar de comer como albañil en almuerzo muchos de los manjares que le llevaban algunas feligresas entre días en la semana, reconocido representante de Dios en el poblado de Las Garzas bien sea por su bondad o por sus sabios consejos.

¿A quién más acudir? Eran pocas las opciones que tenía María., Las Garzas era un pequeño pueblo de poco más de 200 familias, una sola y angosta carretera en ambos sentidos que la atraviesa de este a oeste o viceversa, por el norte amurallada por la gran montaña La Calavera, que conoce de pocos colores, el verde del invierno, el árido marrón del verano y unas cuantas pintas amarillas a mediados de mayo. A mitad de montaña se cuela una larga cascada que surte el río que atraviesa el pueblo hasta desembocar al extremo sur en el lago del mismo nombre.

María es hija única y huérfana, su madre murió entrando ella apenas a los 10 años de edad, hoy cuenta con 33. Entre los pocos recuerdos de esos nefastos días de su niñez, persiste el de su madre acostada en un ataúd de madera oscura y áspera, poco pulida, un intenso olor a flores, que jamás ha podido superar y el llanto incontrolable que tiñe los días de recuerdo.

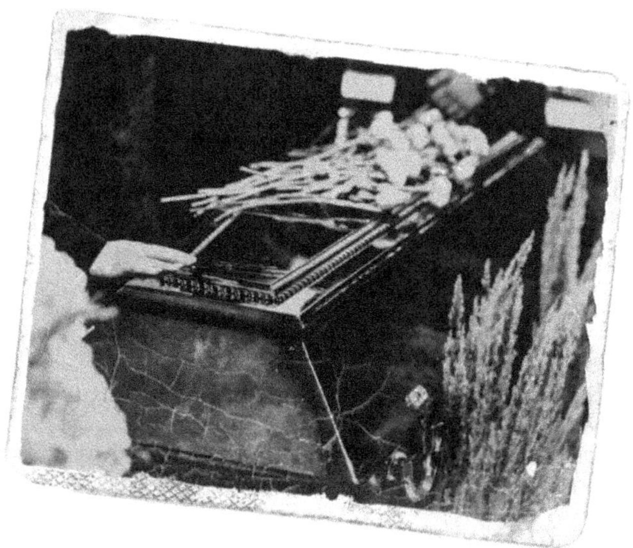

Exactamente un día después del novenario y previo consenso de sus dos únicos tíos, los señores Isidro y Valentín López, fue entregada a cuido a la Sra. Guadalupe Bolívar, laica consagrada, reconocida por su trabajo comunitario, honradez y colaboración con la iglesia y sus actividades., con quién se comprometieron en ir a visitar cada semana y además enviar un cheque mensual para su manutención, (23 años después aún no llegan los tíos, ni los cheques), además, hacía apenas un par de meses que la señora Guadalupe había bautizado a la niña María por encargo de su madre, Coromoto López, una de sus pocas amigas., premonición quizás de su inevitable y permanente ausencia.

Eran pocas las opciones, María no tenía otro mundo donde plantarse que no fuese doña Lupe o mamá Lupe, como aprendió a llamar escuchando a los más allegados amigos de la casa y quién le ayudó a sortear la temprana desdicha y por otro lado la iglesia, la cual hizo su refugio desde que por obligación debía acompañarla al menos tres veces a la semana sin incluir las misas u otras actividades propias de aquella fe.

¿Dónde más podía ir?

- ¡Padre he pecado! - Insiste María - quién no se ha terminado de arrodillar cuando rompe en llanto y su voz se entrecorta por el sollozo y el temblor del arrepentimiento.

- ¡Dios te bendice hija! Ante todo aquello que aqueja, recuerda que Dios no abandona. - dice el padre José - seguido de cortos carraspeos-. ¡ejem!, ¡ejem!

- Y bien hija, decidme ¿Qué os atormenta? – preguntó el padre- iniciando así el sacramento.

- ¡Padre, he pecado! –quiebra en llanto María- ¡A veces quiero morir! -hoy decidí confesarme, sólo pido que me escuche, - insiste-.

- ¡A ver! ¡A ver! ¡un momento, un momento hija! Cálmate un poco y contadme ¿Qué os angustia?, ¡pero primero! Saca esas ideas de tu cabeza, que es un pecado siquiera pensar atentar contra la voluntad del padre. – infiere el confesor- esta vez un poco más interesado en el relato-, Además, no adelantéis conclusiones, mirad que en ocasiones si por desconocimiento de lo que hacéis, hieres la caridad de nuestro Dios padre, él te ofrece su benevolencia, así que hija puedes…

- ¡Padre!, padre, padre... –Interrumpe María- ¡solo escúcheme!

- Eso hacéis hija –refuta el padre José-. Eso hacéis, pero comprende que es mi deber brindarte el camino a la serenidad que necesitas en este momento.

- ¡No!, no, no. Sólo deseo que me escuche y ya, no me dé el sermón y esos consejos que les da a las jovencitas de 15 que esperan por comunión. Pretendo contarle lo que he hecho, lo que me sucede, no sé qué tan culpable soy o si merezco perdón, pero pienso salir de aquí sin tanto pesar, a tratar de comenzar de nuevo, así estar un poco en paz conmigo y con mi hija, –exige María- ya un poco más calmada.

- Entiendo hija, siendo así, soy todo oídos. - ¡ejem! ¡ejem!, - el padre José trata de trasmitir serenidad, aunque el carraspeo persiste-.

Amante

Divago,

Regando las nubes,

Queriendo mojarte.

¿Cuánto importa?

Si ven las estrellas.

A Venus en Marte

¡Y sigue!

Partiendo la risa.

Tocando la tarde.

Demando, cumplir mi promesa.

Con rosas cuidarte.

Hazme saber;

Que en tú puerto me hiciste un nudo.

Entre el café de tus ojos, amor.

Y mis latidos bailando desnudos.

Para que entonces y por siempre está vez.

Sea el amante que esté a su merced.

Y con tantos besos,

Que no pasaron de pensamiento.

Pinté, en versos de luna mi querer.

Atenúe, aquella espera;

Y ya, me abraza tu pecho, amor.

Si eres mi sol, yo puedo vestirme,

De tú amanecer.

Llevarte a la cama, mis besos en miel.

Y aunque llevo mil intentos, de amar.

En este, yo venzo, amor.

Nilhomar Bordones

Capítulo II

Confesión

Padre, -dice María- ya casi se cumplen 11 años desde que no venía a esta iglesia, casi el mismo tiempo desde que me dejó mamá Lupe, simplemente se fue, no tuve el tiempo ni el valor de explicarle que nunca le mentí, sólo opté por quedarme callada.

Antes de sepultarla, en sus manos arrugadas y frías, ingenuamente coloque una carta rogando su perdón, aún espero respuesta. A mamá nunca le di detalle alguno sobre mi temprano embarazo y no es que no lo deseaba, pero me privaba una promesa de silencio que había hecho al padre de mi hija., y fue ella quien me enseñó a jamás defraudar a la palabra empeñada. Así comenzó mi encrucijada.

Creo que, a mamá, el sentirse traicionada fue un motivo que aceleró su partida. Por otro lado, mi hija comenzó ya a preguntar sobre: ¿Quién era su papá?, y simplemente ha obtenido una sola respuesta: Se fue hace mucho tiempo y nunca más supe de él. Privándola así de su bendición y de parte de su historia.

- ¿Y no fue así? -Interrumpe el padre-

- A eso vine padre a confiarle mi verdad, además, a pocos días cumplirá mi hija con el sacramento de la comunión y me ha pedido que la acompañe y voy a estar ahí, también por ello quiero estar en gracia y poder recibir así la eucaristía.

Durante meses, mamá estuvo buscando sin éxito el responsable de seducirme, el culpable más de quitarle a su niña, que, de hacerme mujer, estaba tan segura. ¡Y fui yo!, fui yo quien se enamoró del hombre que no debía, sabía perfectamente lo que estaba haciendo.

Aproveché cada visita que él nos hacía las tardes de domingo, donde Llevaba sus trajes y demás ropa sucia de la semana para el lavado y planchado y los martes y jueves, puntual a las 7:30 pm para tomar caldo de gallina criolla, que tanto le gustaba. Solía caminar por el patio, entre las matas de mandarina y se detenía bajo el árbol de mango más grande, lo tocaba, parecía que los saludaba, y como mamá tenía tantos árboles y plantas en la tierra como en cualquier envase, balde plástico o de lata vacía que pudiese servir para tal propósito, contribuía de alguna manera con el visitante, que en ocasiones no daba una, sino varias vueltas alrededor del patio, respirando profundo como si se transportaba a otro lugar. Luego iba a sentarse en el corredor y esperaba el obligado café recién colado que debía tomar cualquier comensal que nos visitara.

Lo espié como una profesional. Él, pasaba horas y horas mirando el cielo entre verde y azules, sabía que le llenaba de paz., la misma que sentía yo al verlo. Incluso con el tiempo llegué a pensar que el café nunca le gustó, puesto que cada vez que me tocaba levantar su taza estaba casi intacto, salvo por uno o dos sorbos menos, al inicio eso me alentó tontamente a pensar que era su excusa para verme.

Luego de algunos meses, creció más la confianza de mamá por ese extraño hombre (El único que vi entrar a casa un muchos años). Ya mama Lupe le servía el café, le daba las buenas noches y se iba a dormir, ya eran setenta y tantos años a cuesta y decía que mientras más vieja más debía de descansar.

¡María, hija!, esperáis un momento, no es necesario que os entréis en tantos detalles, además, una creyente como vos, comprometida con las buenas causas del hombre de seguro no obró con mala intención, te conozco desde niña y sé que no serias capaz… – intervino el padre José –, tratando en lo posible acortar lo que parecía ser una extensa confesión y se traduciría en algunas horas de escucha, y aunque por un lado traería paz a aquella desdichada pecadora y un poco de descanso a sus abultadas y oscuras ojeras por otro lado amenazaba todo el tiempo disponible para poder atender a la fila de impacientes fieles pecadores que esperaban ansiosos por lavar una vez más algunos pecadillos, conscientes de que es viernes, quincena y quieren ir libre de equipaje.

- ¡Padre!, – enfatiza algo molesta María- le dije que no me pienso mover de aquí hasta que usted me escuche, ya no soy una niña, pasé más de diez años viniendo a esta iglesia, cada semana a cada misa, a cada compromiso, por lo menos lo merezco.

- ¡O dígame que me marche y me marcho!

- ¿Dígame? – pregunta María más alterada-.

- ¡Calmad!, ¡calmad! Hija, mirad que no es para tanto, a ver, tomad un poco de aire vale, respira profundo y soltad suavemente, haced esto un par de veces y continuad cuando os sintáis un poco más tranquila – recomienda resignado el confesor. –

- Yo lo planifique todo –prosigue María–. Desde esa primera vez que me acerque a él, ahí, sentado en el patio, esperando el café, y yo, esperando como tonta para retirar la taza a medio tomar., Si hubiese cumplido con las indicaciones de mamá nada de esto hubiese pasado. Ella se iba a dormir, "ya no estaba para esos trotes" –así también decía-. Pero más pudieron mis instintos.

Después de pasar al menos unos veinte minutos frente al espejo –el mismo tiempo que mamá ya llevaba en la cama dormida-, decidí quitarme la blusa y el sostén y subir mi enagua hasta un poco más arriba de los senos, era de seda, celeste, me largaba por debajo de la rodilla, los últimos 5 cm de un bello encaje blanco, por eso la elegí. Se combinó con la brisa fría y el roce de la tela en mis pezones que los hacían brotar y la transparencia decía por mí, lo que estaba dispuesta a ofrendar.

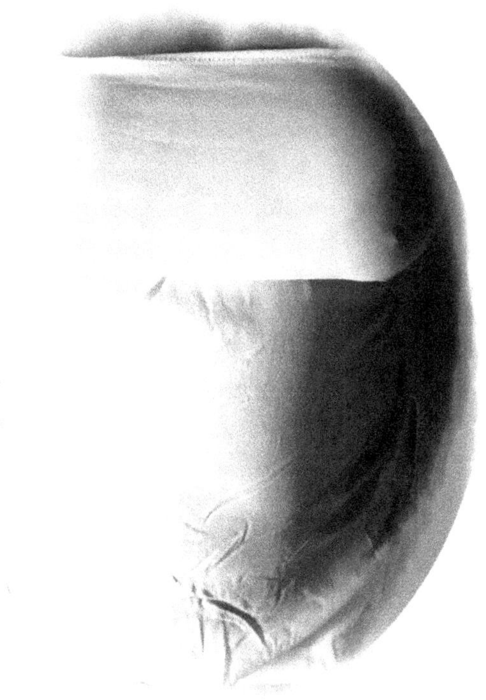

- ¡María!, os repito que no es necesario que entréis en tantos detalles –indica un poco consternado el padre-.

- ¡Quiero confesarme padre, por favor ya no me interrumpa! – exige María, más calmada, pero con la misma firmeza. –

- Esa noche –continúa la confesión- cuando ya estaba lista, tomé un cesto de los que hacen con hojas de palma los artesanos que van a la plaza los domingos, mamá los usa para guardar las frutas, esa noche fue para recoger la ropa del tendedero, ya estaba seca desde el mediodía, pero yo sin excusa para retirarla.

Salí al patio y lo miraba de lejos, ignorándolo mientras trataba de llenarme del valor para estar más cerca, frente a él, para él, nadie me había visto vestida así. Ya casi sin ropa que recoger, fui y me detuve a unos pocos metros, sólo me separaba, ese trozo de tela que fingía cubrirme, descalza, ahí, entre su azul, su verde y su brisa. Nos miramos por minutos sin necesidad de interrumpir la armonía con palabra alguna, firmando así un mudo convenio, sin preguntas a pesar de que el riesgo opacaba la ganancia y cualquier otro beneficio que se asomará en un horizonte posiblemente tardío.

- ¿Ya está listo? –Pregunté–.

- ¿Listo para qué señorita? -nervioso contestó-, dejando su postura relajada en la silla, irguiéndose exageradamente-. Yo, -entre dientes-, por la sonrisa que trataba de disimular le explique que me refería a que si ya había tomado su café para así retirar la taza.

- ¡Aaaah! La taza. Si, si, si, por supuesto, ya terminé, disculpa es que estoy un poco distraído. ¿y su mamá? –Preguntó-.

- Hace ya más de media hora que duerme, -le dije- solo estamos usted y yo… -no había terminado de hablar cuando me interrumpió –

- ¿Ya duerme? -preguntó sorprendido-, yo también tengo sueño, debo irme, feliz noche, descansa.

Así se despidió y apago la noche, como si hubiese visto al mismo demonio, él perdido en mí, yo encontrándome en su desconcierto.

Siempre es primavera

Cada otoño, peligran nuestros besos.

No exagero, solo fijate como trata a las hojas.

¡Pero no preocupéis! Sé, como vencerle.

Esta noche, bajo la luna nueva, sembraré mi corazón. Lo abonaré con los días sin sus noches. – claro está – para que en ellas tú, me sueñes.

Esta noche, bajo la luna nueva, sembraré tu risa; que me parecía infinita, hasta que descubrí que termina donde comienzan tus besos.

Esta noche sembraré mis besos, para darte el calor del verano.

Esta noche bajo la luna nueva. Me sembraré, amor, o lo que queda de mí, así podrás sortear las lagunas del invierno.

Recordá, que cuando el otoño reclame sus hojas, por cada una., irán dos besos nuestros.

Esta noche, bajo la luna nueva., me siembro.

Para que en cada primavera me coseches.

Te ame, te bese.

Nilhomar Bordones

Capítulo III

Segundo Intento

Impaciente esperé hasta el martes próximo, pero lamentablemente para mí, él no fue a casa. Extraño, ya que desde la primera vez que visitó a mamá, lo hizo una rutina, religiosamente cada domingo, martes y jueves. No dejaba de pensar cuán culpable se sentiría, aunque su ausencia me daría más tiempo para detallar todo lo pasaría en su tardía próxima visita.

Al día siguiente mientras preparábamos el desayuno, mi desconcierto contagió a mamá, quién después de rato de hurgar entre posibles causas de la ausencia de su mejor cliente, ceño fruncido y unos labios gruesos que juntaba como si fuese a dar un beso, asemejándose al pico de un pájaro me dijo:

- "Ese hombre debe está bien enfermo para no venir"., ¡Es que no hay de otra!, ese hombre se pasa de responsable y para dejar mi caldo de gallina frío., Es porque debe estar bien malito. –(Y cuánta razón tenía)-.

Más tarde si me alcanza el tiempo, pasaré a visitarlo, a llevarle su ropa por si la necesita y así aprovecho y le llevo sopita que tanto le gusta. –Se comprometía mamá-.

Yo, aproveché mientras mamá salió., Comencé a buscar entre la ropa que habíamos recolectado para donar en vísperas de navidad a los más necesitados del poblado Los Tacariguas y encontré un jean que, aunque no me quedaba muy ajustado me serviría para lucirlo ante el hombre que la providencia me había escogido. Corté las piernas del pantalón justamente a la altura de la mitad de las nalgas y por supuesto lo escondí donde mamá no pudiera verlo, donde guardaba las cosas más importantes para mí, en un morral que colocaba bajo mi cama y contenía unos pocos, pero muy preciados recuerdos de mi niñez y otros que siento que aún me atan a mi mama Coromoto. Dos sortijas que ella uso hasta el día de su muerte, una cadena de oro con un dige de Jesús en la cruz, su cédula de identidad, dos fotografías de esas que eran en blanco y negro, una foto de un doctor que se llama José Gregorio, un sobre grande con muchas cartas que cuando era niña llegaban a mamalupe y me hacía leérselas, eran de uno de sus hermanos que habían dado por perdido por años y lo que parece un diario de viaje del otro hermano de mamalupe que fue lo único que hallaron en su bote a la deriva en altamar., allí lo guarde, era mi lugar más seguro.

Esperando por ti

Aquí estoy mi luna.

Sigo esperando por ti.

Deja el cielo un momento.

Ven y baja a mi mundo.

Deja que bese tus labios.

Yo voy hacerte feliz.

Entiende luna.

Que tu luz, es pasión.

Y aunque parezca ilusión.

Y te me hagas muy lejos.

Vaya cuando deseo.

Hoy hacernos amor.

Y cada noche,

Cuando salgas

Y te poses en el cielo.

Aunque alas,

Me faltaran para el vuelo.

¿Cómo llegar a ti?

Será mi único anhelo.

Y cada noche.

Cuando salgas,

Y le des vida a mi cielo.

Crecerá en mí,

Toda marea.

Cuál esperanza de tenerte,

Que es mi idea.

Y te confieso vida.

Que aunque a veces sentí.

Ya quedar sin aliento,

En el andar hacia ti.

Me alivio fue este amor,

Y tú esperando por mí...

Nilhomar Bordones

Capítulo IV

A la tercera va la vencida

Esperé ansiosa ese próximo jueves, danzando con mis fervientes hormonas juveniles y deseando de una vez por todas lucir mi deseo a la razón de aquel hombre. No sé si esto le haya pasado a otra mujer, pero yo, hasta el día de hoy, sólo he tenido amor para él y no por capricho, sino por voluntad.

- ¿Padre?

- Dime hija – te escucho atentamente- responde resignado el padre José.

- ¿Por qué si soy semejanza de Dios, y a él debemos amar, ¿por qué yo no debí amar, ni debían amarme?

- ¿Por qué hay un dios que me da el amor y no me permite vivirlo? -reflexiona María, esperando respuestas.

- Pues hija –responde el padre José aclarando la garganta- la vida está llena de misterios divinos, que nos preparan a través del aprendizaje para trascender a la vida eterna y…

- ¡No!, no, no, no padre, -interrumpe María- le he dicho que yo no soy una niña de las que se prepara para la comunión, ¡dígame! o usted, como yo, no sabe cómo explicar el porqué, si dos personas se aman no pueden estar juntas por decisión del hombre. ¿Por qué Dios me hace amar, para no poder vivirlo? ¿Por qué?

- Padre, su silencio -continúa María- es una de las respuestas. Esa es mi distancia por tantos años, no hallé respuestas, sólo culpas, aquí adentro todo hombre es santo, pero, véanse por ejemplo frente a la desnudes de una mujer, sin cerrar los ojos como los cobardes, ni mutilando las caricias a las manos que tocan, para no alimentar a los demonios que habitan dentro de cada uno. ¡Ahí!, sólo ahí, están las otras respuestas.

Confieso sentirme tan culpable desde principio, sentía remordimiento al verlo infructuosamente buscar una salida a lo que aseguraba él, era un malentendido o el poder de un demonio lujurioso que en rebeldía dominaba mi cuerpo como venganza por mis años de dedicación eclesiástica.

Unas horas más tarde, la vespertina brisa del valle anunciaba la presencia del único hombre que hasta hoy ha tenido el privilegio de pasearse por nuestra intimidad.

¡Llego! Podía escuchar desde mi cuarto la conversa que mantenía con mamá, ella solía interrogar a cada visitante acerca del acontecer semanal, -aunque ya lo supiera-, preguntaba e igualmente sugería varios posibles escenarios o desenlaces, cuadraba la cuenta pendiente del lavado y planchado y al mismo tiempo en una mediana olla negra por tanto carbón, calentaba la ración exacta de caldo que serviría al recién llegado. Mamá era muy dada a servir, tanto que en ocasiones entre tantas atenciones asfixiaba a su cortejado, quién para lograr desenvolverse respondía con pocas palabras o una o un par de sílabas: si, así es, está bien, muy bien, así será y para más, él era de hablar poco, aunque cuando lo hacía, podíamos pasar horas escuchándolo.

Como ya sabía de memoria cada paso que daba y en ese transitar al patio debía pasar obligatoriamente frente a la puerta de mi cuarto, la dejaba abierta, y me acostaba de espalda, esta vez con mi pequeño short de jean, no quería mirarlo aún, pero le cedía todo el derecho de disfrutarme.

"Ya te llevo el café" – gritaba mamá desde la cocina – y a los pocos minutos, se escuchaba en arrastre las viejas chancletas plásticas que indicaban que ya terminaría su jornada del día y comenzaría yo, en relevo.

Fui al patio y al pasar a su lado, estando por darle las buenas horas no me dejó terminar de hablar - es muy educado- ¡Buenas noches, señorita María! – dijo- con serena voz de encanto.

- Buenas noches -contesté– pero, sin voltear a verlo.

Comencé tocar alguna de las prendas colgadas simulando averiguar si ya estaban secas y dejaba caer algunas que me obligaban a inclinarme, dejando mis nalgas y un poco más de mi intimidad expuesta a la escurridiza brisa y a la vista de aquel hombre en el que hacía colapsar su característico sosiego. ¿Cómo lo sabía? Simple., Dejaba de escuchar el chirrido de la vieja mecedora. Diez minutos después de iniciar ese ritual, en mi pecho comenzaba a brotar mi intención, tanto que casi traspasaba la tela, ¡era el momento!, me dirigí hacia él y le pregunté:

- ¿Cómo está? -Quedó inmóvil-, al igual que la mecedora-, sólo me miraba.
- Hola, hola ¿Cómo estás? Eh, eh, disculpa, bien, bien estoy bien. – contestó con habilidad de tartamudo– tomó la taza de café ya frío y por primera vez desde que

nos visita bebió un tercer sorbo. -Se negaba a levantar la mirada para verme-.

- Bien, bien María, estoy bien. -insistió-, y tú. ¿Cómo has estado? ¿puedes regalarme otra tacita de café? –preguntó- con la esperanza de eludir lo inevitable.

- Sí, por supuesto, ya la buscó, sólo que debe estar frio, pero, igual te lo puedo calentar. Y bueno ¡Yo estoy muy bien!, -respondí- así como me ve. ¿Te parece que estoy bien? -indagué, tratando de generar más confianza.

- Sí señorita, así parece, está usted muy bien. –Apenas se le escuchó entre dientes y aún no miraba mi cara. -

Fui en busca del café, tan excusa de él para alejarme, como yo usé el tendedero para acercarme. El café estaba tibio, igual no pensaba calentarlo, no pretendía malgastar un minuto más, por todos los que había perdido para llegar hasta aquí.

Volví con el café, aunque sabía que no lo iba a tomar y me coloqué frente a él nuevamente, pero esta vez con la taza a la altura de los senos, obligándolo a levantar la cara y verme a los ojos. Así, en pocos minutos y para siempre se ataron nuestras intenciones, nuestras verdades, nuestras mentiras, pude adentrarme con tal sutileza en sus ojos y tocar la luna que en ellos se reflejaba y a pesar de la brisa fría, se calentaba mi sangre.

Después de un momento, profirió las primeras palabras.

- ¿Por qué lo haces? – me preguntó contrariado-
- Porque usted nunca no lo hará, -respondí sin titubear-. ¿Cuántas noches lleva sentado en esa mecedora, disimulando no mirarme? Y ¿Cuántas noches se arrepiente al llegar a casa pensando que me perdió un día más?, ¿Cuánto más espero?, ¡dígame!
- María –dijo mientras respiraba profundamente- sabes que no debo siquiera pensarte y ya lo estoy haciendo, cada noche perdida, afirma mi valentía al tentar frente a frente a mi mayor debilidad. ¡usted! Irónico, ¿no? Soy valiente, pero débil. Me afirmó.

Me senté en sus piernas, me acerqué tanto a él por primera vez, disfruté su aroma, una esencia que aún no descifro, mis labios terminaron a pocos centímetros de los suyos, dije: "te quiero", "eres tú" y serás fuerte, si me tienes. Toqué su cara, metí mis labios entre los suyos, los humedecí, estaban secos y con sabor a café.

No lo dejé hablar, no quería escuchar sus tontas excusas o incongruentes justificaciones entre lo divino y lo terrenal... Lo besé, desesperada, lo mordí, separándome sólo un poco para oxigenar nuestros oprimidos labios, rojos y ya hinchados de pecado. A tientas tomé sus manos, y colgué una alrededor de mi cintura y con la otra entrelacé la mía.

Nos besamos con todos los besos que nos debíamos... Él no sabía hacerlo y yo traté de enseñarle en el poco tiempo que tenía., al menos una hora después, me di cuenta cuán buena maestra era, mi entrepierna se mojaba y mis nalgas se amoldaban a su gran y creciente deseo, aún más empapado, tanto que podía sentirlo a través de la tela.

Interrumpí la lección para alejarme unos pocos centímetros, necesarios para que me permitieran bajar mi top, descubrir mis puntiagudos senos y los ya endurecidos pezones, rozarlos suavemente en las mejillas y labios del único alumno que ha visto mi clase. -él no sabía que hacer-. Me besaba, me mordía, se iba transformando en un animal que sigue a sus instintos, dolía mucho algunas cosas que me hacía, pero me gustaba., hasta que… Repentinamente, me empujó y caí al suelo. Él se levantó, me pidió disculpas, que lo perdonara, que no sabía que había pasado... Y se fue... Con un mar de confusiones, con sus labios y todo él, mojado. Y me dejó allí, quemándome, con una gran sonrisa y el olor a su perfume que seguía alentándome.

El resto de la noche no pude dormir, dando vueltas en la cama sin razón o tal vez, tratando de sacar de mi mente ese momento tan intenso, lleno de besos, silencio, deseo, amor y aunque me di una ducha, seguía tan caliente… No podía imaginar que era de su noche…

A la mañana siguiente, aún no terminaba las labores que me encomendó mamá, de los tres cestos de ropa para lavar aún me faltaba uno, la ropa blanca que siempre dejaba de último, era más delicada, así no se teñía de otro color o se tornaba percudida. Estaba sola en casa, mamá después del mediodía fue dónde la Sra. Ana González, allí planchaba la ropa de ella y su esposo y además adelantaba algunas comidas para los almuerzos de la semana, ambos son médicos, trabajan muchas horas y solo llegan cansados a dormir. Mamá no regresaría a casa hasta las siete de la noche. Cuando escuché que tocaron la puerta faltando pocos minutos para las tres de la tarde, sabía quién podía ser y lo que yo podía hacer.

- ¡Un momento! - Grité desde el patio - ¡Un momento! Voy, voy.

Abrí la puerta, y ahí estaba él. Vino por mí -pensé–, pero ¡no!, ni siquiera tuve tiempo de indagar el porqué de su presencia.

- Hola, buenas tardes señorita María. ¿Cómo está? Vengo por mi ropa, la olvidé anoche y bueno evidentemente la necesito para poder cambiarme. -dijo rápidamente- como si se tratase de un discurso preparado.

- Pase adelante, yo… estoy muy bien, -dije risueña- aunque, a decir verdad, con algo de sueño, casi no pude dormir; espere un momento y le busco la ropa. -termine de responder pausadamente-

Él el único hombre permitido por mamá para entrar a casa en su ausencia, por su intachable reputación y el único que me atrevía a invitar a pasar, ya que, de igual forma, gracias a algunas vecinas vigilantes de oficio, mamá se enteraría de la inusual visita.

Ya pasaban las 3:00 pm, entró, pero no terminó de pasar al patio, a su acostumbrada mecedora, de seguro no quería hoy probar su valentía., se sentó en el mueble más grande de los tres que están en la sala, es de madera con cuero de ganado grueso y duro en vez de tela, los otros dos más pequeños solamente de tablas de madera.

- ¿tiene tiempo para una taza de café? - Pregunté-
- Sí, por favor, aún tengo tiempo de tomarlo. ¿Y tu mamá? – Preguntó, mientras alargaba la cabeza y miraba a la cocina y a la puerta que da al patio.
- Salió, llega más tarde, estoy solita. - respondí -

Nada más se habló hasta que traje su bebida caliente.

- ¡Aquí está su café, negrito y dulce como mamá se lo prepara! – le dije con risa que me ganaba-.

Me hallé por un momento perdida, nada tenía planificado como ya era costumbre, tenía puesta mi ropa de lavar, usaba un vestido de los más viejo, blanco con rayas negras horizontales, de algodón, muy suave y su tela tan desgastada que había partes donde podías ver al otro lado, aún más estando mojada, dejaba ver mi pecho y transparentar mi pequeña pantaleta, pero era el más cómodo y fresco, por eso lo usaba, especialmente para lavar la ropa o limpiar en casa. Así me encontré vestida, el cabello alborotado, unas marcadas ojeras que denotaban mi ansioso desvelo y la sensación de mojarme aún más.

- ¿Por qué huyó anoche? -pregunté-
- Tengo miedo -dijo-
- ¿Miedo? ¿a qué? -Continúe con el interrogatorio-
- A fallarme, a hacerte daño, – respondió nuevamente tratando de envolverme en sus fundamentos de la razón.
- Sabes que esto no debe ser... Tú, María eres una señorita y….
- ¡No!, ¡no!, ¡no!, y ¡no! –interrumpí- dios me hizo mujer y a usted hombre, es normal, es la naturaleza haciendo amor, haciendo el deseo, haciendo vida.
- Yo soy María, ¡su María!, ¡pero no la virgen!, no soy su virgen, entiéndalo. -reclamé molesta-

Se levantó cómo tratando de huir, de seguro convencido que no podría doblegarme y al retirarse sorteaba la derrota., pues sin vencido, no hay quien pierda, pero ganaría el tiempo para olvidarme. Me le enfrenté, abracé y besé con las fuerzas que tenía en reserva, con mi lógica de lunática desesperada, necesitada de él.

Pocos minutos bastaron, cedió. Dejó de hacerme resistencia y repetía que no estaba bien, que nos hacíamos daño, aunque seguía besándome, y yo le contestaba en cada beso ¡soy María!, ¡su María!, ¡pero no la virgen!...

- Nunca he estado tan de cerca de una mujer -confesó-.

- Lo sé, ya lo sé. Sólo siénteme. - susurré – el amor es esta casualidad, créeme, ámame.

Y yo, lo sabía padre, yo planifiqué seducirlo, sabía su debilidad y me aproveché con tanta alevosía y aunque me confieso, no me arrepiento.

- ¿Me entiende? -Pregunté al confesor-.

- Hija, tu confesión es del corazón, pero tu satisfacción es alimento del ego... y eso es pecar de alguna manera, tu alma, debe arrepentirse desde el corazón, y no a medias... -Fue su respuesta-

- Padre, aun no termino. - insistí-.

- Hija, si aún no crees que es suficiente, dame unos segundos para decirle a los fieles que esperan por confesión que esto tardara un poco más.... -indicó-.

- Gracias padre, necesito respuestas o de su consejo. por favor.

Volviendo el padre al confesionario, aun sin haberse sentado pregunté:

- ¿Habrá alguna penitencia para mí? Cuando aún hay gozo en mis actos. –dígame- aquella tarde lo cuestioné, lo llamé cobarde, falta de hombría, aun sabiendo en la fuerte encrucijada dónde se encontraba... aposté y gané.

Él, se abalanzó sobre mí y me besaba con tal fuerza que llegué a pensar que arrancaría mis labios, lamía el cuello, mejillas y alternaba metiendo su lengua en mi boca, dando vueltas persiguiendo la mía. Por un momento me dio miedo toda la locura que había ocasionado, pero sentirme atrapada por ese recién despierto demonio, con honestidad me excitó aún más.

Dio un paso atrás y se dejó caer en el mueble. Me sentó en sus piernas sin dejar de besarme, abrió mis piernas y aún algo tímido colocó su mano grande en mi vagina caliente, aún protegida por mi pantaletica blanca mojada, su dedo pulgar lo presionaba contra mi clítoris, y con su dedo medio lo mismo hacía, pero tratando de tocar mi ano. Era muy tosco y lo hacía tan duro que dolía, traté de levantarme, pero esta vez fue él, quien con su brazo izquierdo hizo las veces de candado alrededor de mi cintura, que no pude vulnerar.

¿Me esperas?

¿Y si me esperas?,

Dónde mueren tus penas.

¿Y si me esperas?,

Donde mis besos son tus ganas.

¿Y si te espero?

Donde termina el mundo entero.

¿Y si te espero?

Dormidito en tu desvelo.

Nos encontramos,

Ahí te espero.

Entre la luna

Y el sol.

Y si me esperas,

En el temblor de tus caderas.

Y si me esperas,

Soy María, pero no la virgen

Bailando mi tambor.

Y si me esperas,

Para besar tu vida entera.

O, yo te espero.

Muriendo en tu razón.

Nilhomar Bordones

Capítulo V

Siendo lo que somos

Y así insistió, tratando de profanar mi vagina, y ya cuando se dio cuenta que su dura uña no traspasaría la tela, la hizo a un lado con el mismo dedo, y lo asestó como un puñal hasta lo más profundo de mí, grité por algo de dolor del que no estaba acostumbrada y dejó de moverlo., Al mismo tiempo y con menor destreza, comenzó a besar mis senos y se detuvo en mis pezones para chuparlos. Pocos minutos bastaron para que, mi entrepierna, cual fuente, comenzara a manar mi deseo, tanto así, que inundó su pantalón.

Entré en una especie de trance, temblaba mi cuerpo, mis piernas temblaban a su voluntad, me poseyó un demonio o peor aún padre, me di cuenta, que yo era uno. Me transformé en una fiera que solo quería ser domada por las embestidas de aquel callado ángel.

Por suerte, él, declinó a favor de su disfrazada naturaleza y entendió lo que sólo deseaba, ser cogida.

Escondió su acartonado pudor, sacó los dedos con los que armoniosamente masajeaba mis entrañas y con la mano babosa y a tientas, pero sin quitarme la mirada, ni la boca de mis pezones., bajó tembloroso su bragueta y dejó asomar su largo pene., lo quise ayudar e igual que él, con mi mano derecha y algo torpe, tome su virilidad, caliente, pulsante, más mojado que yo y lo guíe en relevo de los dedos que ya habían hecho muy bien su trabajo...

Fue sencillo, perfecto, bastó colocarlo entre mis otros labios y se internó con fuerza y todo mi permiso, hasta que lo frenó la pelvis, grité entre dientes, nos encubría una linda canción de manzanero que sonaba en la radio, hacía menos evidentes mis gemidos -eso creo-. Allí entendí que su dios no era mi amigo., no podía darme a un hombre, su amor y placer un día y quitármelo al siguiente…

Subía y bajaba tanto como nuestra destreza lo permitía, me aseguré aferrándome a las largas mangas de su camisón y sólo pedí que me amará, cerré los ojos y le cedí mis derechos, me alzaba un poco y dejaba caer con cierta rabia, ya si acaso quedaba algo de fuerza en mí, estaba él por eyacular y yo llegaría al tercer orgasmo. Así de intenso es el amor.

Cuando terminó, me sentía tan feliz, reía y a la vez un par de lágrimas corrieron por mis mejillas. Fui plena, amé y lo amo.

Al darse cuenta de mis lágrimas interrumpidas por pequeñas risas, extrañado preguntó:

- ¿Qué sucede? ¿te lastime?, yo sabía que esto no debía ser.

- ¡No!, ¡no!, ¡no!, -dije sonriendo- soy feliz, soy muy feliz.

- Y ¿por qué lloras? - insistió en preguntar-.

- No me entenderías o no sé cómo explicarte lo que siento - dije susurrando-, felicidad y en el fondo a decir verdad si me agobia el saber que tarde o temprano no estarás, mis lágrimas… te lloran por adelantado y mi risa trata de animarla. No te preocupes, para que explicar lo que ya vivimos.

¡Y así! Padre, con esa misma intensidad nos convertimos en los mejores amantes, aprendimos a engañar a su Dios en cada oportunidad y los hacíamos muy bien, no hubo lugar en aquella vieja casa que no presenciará infatigables intentos de saciarnos uno al otro. Poco hablábamos, hubo un mágico entendimiento desde el comienzo., Cada uno sabía su papel y que bien lo jugaba, ni siquiera el aliento de consorte al finalizar exhausta sobre su pecho, se requería.

De tanto amor me embaracé y él, tuvo que partir de la noche a la mañana por trabajo y nuca lo supo, bueno, yo tampoco tuve manera de avisarle.

Mi hija desde hace un par de años, me pregunta por su padre y la familia de este, yo la evado siempre dejando para después conversar al respecto, pero nunca lo hago.

- ¿Y entonces su padre está vivo?, ¿sabéis donde esta? -pregunta el religioso-
- Si padre, así es, él está vivo -confesé- y hace poco supe donde podía encontrarlo.
- Bueno hija, ante todo permíteme felicitarte por dar estos primeros pasos a la reconciliación con la paz, has asumido tu responsabilidad con coraje y eso lo celebro, pero tu arrepentimiento no es por completo y allí

si me gustaría llamarte a la reflexión para estos próximos días, - aconsejó y recomendó el padre-. más que cualquier penitencia, rompe todos estos nudos de silencio que te atan. La verdad te hará libre. Estas en deuda con ese hombre, con tu hija y contigo por supuesto. Buscadlo contadle, lo propio harás con tu hija, ve hablándole de a poco sobre lo sucedido, ella entenderá.

No los sigas privando de su derecho divino, da el segundo paso y veras que todo buscará tomar su orden natural.

Eres muy valiente, te felicito.

¡Dios te bendice hija!

-Amén padre, así lo haré, gracias me siento mejor. Feliz tarde -Mas calmada y con mucho en que pensar, me retiré.

Eco

"Cuando el eco de nuestra esencia no encuentra, confirma lo que somos"

Nilhomar Bordones

Capítulo VI

Comunión

El sábado 29 de marzo, previo al día de ramos fue la fecha indicada para honrar uno de los sacramentos puentes entre lo mundano y lo divino, a las cuatro de la tarde se esperaba abrir las puertas de la iglesia. El pueblo anda en alboroto - no es para menos- con una repentina conjunción de eventos que suceden y otras por suceder. En las Garzas, la semana mayor, carnavales y la navidad (que comienza a finales de noviembre y termina la primera quincena de enero) son las fechas que roban a los pobladores propios y visitantes (que son recurrentes) su rutinaria tranquilidad. A su vez, se ha dejado colar en el cuchucheo de las señoras compradoras del mercado central, que estaría llegando a la capital el Sacerdote Ángel Hurtado proveniente de España y presumen que es con la intención de Oficiar las misas, Comunión, bautismos y extensas procesiones de la semana santa, además de ello, permanecería en el pueblo hasta el año nuevo, así tendría la oportunidad honrar su palabra y estar para el aniversario de fundación del pueblo que se da para el 3 de diciembre, pueblo donde dio sus primeros pasos en la vida religiosa.

En las garzas aún le estiman en gran medida, ya que fue el responsable de avivar en los fieles una fe que se desvanecía casi por completo cuando vino por primera vez recién ordenado diácono.

Fue diferente desde el primer día, involucró a todos cuanto pudo en sus actividades, acostumbraba entre semana visitar familias al azar, fuesen creyentes o no. Tenía por virtud el escuchar atentamente, lo que le permitió conocer de primera mano las desdichas o buenaventuras de sus nuevos amigos. Brindaba aliento, enseñaba a pescar, celebraba cada triunfo por muy insignificante que pareciese y con una cruz que tallaba imaginariamente en la frente de los favorecido con los dedos índice y medio, dejaba en ellos más que una bendición.

Algunos, incluso le atribuían propiedades divinas, alegando sanación con sólo su palabra, consejo o compañía, dejando así," los afectados", algún tipo de vicio y hasta recuperar un amor casi perdido que no pudieron retener ni siquiera con los trabajos llevado a cabo por Irma, "la bruja del pueblo", hoy día "consultora espiritual" con amplitud de currículo, mientras antes sólo ofrecía los servicios de lectura del tabaco y cartas, baños de amor, prosperidad, amarres, vuelve a mí, abre camino, tumba trabajo, cura del mal de ojo y uno que otro entierro de dominación, como rezaba el letrero de madera, pintado a mano en fondo celeste y letras negras que colgando, se perdía entre las espigadas cayenas y el verduzco cercado de alfajol. Hoy día cambió el "se echan las cartas" por lectura del tarot, y anexó, lectura de péndulo, interpretación de rocas, caracoles, café y la borra del café, (si el café es del bueno, se visualiza mejor la información), dónde antes decía: se leen los miaos, ahora "análisis del orine"., y dejó los tres cuartos finales del cartel en blanco, porque pensaba añadir -una vez obtuviera más información-, otras herramientas de curación o mejor dicho de sanación. Esto motivado a que una de sus clientas en uno de sus últimos chequeos le comentó, que existen unas terapias alternativas que se están poniendo en práctica en Europa y Asia y supo de ellas durante su último viaje a España: meditación, feng shui, reiki, numerología, entre otras. Aunque, mientras la consultada detallaba su trascendental experiencia oriental con notable emoción., Irma, pensativa, concluía para sí, que todo eso debe estar relacionado con el gato amarillo que mueve una patica sin parar y que vio en el restaurante "chino de Wu" y los otros chinos del abasto, ya que en poco tiempo de haber llegado al pueblo queriendo mejorar su vida, los asiáticos lo han hecho rápidamente y a grandes pasos. Y por ello, no había pasado un mes desde aquel día cuando dos gatos amarillos batían la garra en su casa que también fungía como consultorio, en uno de los cuartos colocó uno de los felinos en la mesita que está en corredor donde solían esperar los consumidores de esperanza y otro lo colocó en el altar que está detrás de su mesa de trabajo, gato aún más privilegiado ya que se codeaba con al menos 20 figuras de yeso de diferentes tamaños y de apreciable acabado artesanal, con las cuales honraban en su mayoría a diosas, santos, vírgenes u otro representante de la idiosincrasia popular. María Lionza, José Gregorio Hernández, San Miguel Arcángel, San Marcos de León, Guaicaipuro, Negro Primero, Santo niño de Atocha, la Virgen del Valle, Coromoto, Chiquinquirá, entre otros adorados, muchas flores, estampitas, collares, frutas y otras ofrendan terminaban de dar el color al vistoso mesón.

Las extensas caminatas diarias trajeron al hoy Sacerdote Ángel hurtado la facilidad de interacción con la gente del pueblo que, aunque no eran esquivos con los foráneos, celaban a morir la integridad de la familia. Aprendió de memoria el nombre de casi todos, damas, niños, niñas, jovencitas, hombres, incluso hasta de los borrachitos que se congregaban cerca de la esquina del Cine Bolívar rebuscando hasta el fondo de los bolsillos buscando un par de centavos extra para comprar el trago del camino al salir del bar "Claude" de la señora Fernanda Cortez, madame del mismo. Y hacía mofa de tal retentiva saludando de punta a punta a todos aquellos que se topase en la ruta.

-¡Sra. Mercedes, buen día!, que lindas están sus flores, dios la bendiga, y sus manos también. – reía sin detener la marcha -.

- ¡Pedro! - Grita hasta la acera contraria- ¡Vente a caminar conmigo, chico!

- Maestro Juan, Dios lo bendice, -amén "padre", responde alegre y enérgico el educador-no te olvides, cuida lo que comes, cuida la dieta. -receta el padre despidiéndose con la mano en alto-

.

-Tocayo, dios te bendice, buen día, muy bonito está quedando el trabajo que haces en la iglesia, nos vemos más tarde.

Incluso llegó a entrar en varias ocasiones al bar "Claude" en busca de madame Fernanda de quien sólo se conocía el nombre y el rumor de que era gitana, inmigrante tras una de tantas guerras europeas, ella siempre se mostró afable en aquellas visitas de su posible nuevo cliente, quien sostenía la tesis de que si se llegaba al padre por el hijo, como reza Juan 14:6, quizás se pueda llegar a las hijas por la madre y en vez de una oveja, encaminar al rebaño completo., de igual forma el orden de los factores no alteraría el producto.

Aunque a Madame Fernanda no la sorprendía aquella espiritual visita, ya que con veinte años en el negocio estaba acostumbrada a tanta variedad de compradores de sexo y compañía que a diario desfilaban por su recinto, sobre todo fines de semana, quincena y último del mes. Desde el ejemplar padre de familia, solteros, los jovencitos para hacerlos hombres, médicos, policías, militares, mecánicos, panaderos, independientes y otros religiosos, todos, recurrentes de servicio y otros tras dos tragos ofertantes de amor y una nueva vida a las "putas del pueblo".

- "Es la casa también de todos", "aquí nadie lanza la primera piedra" y además mi querido "padre", aquí todas las semanas hay más confesiones que en la iglesia y el vaticano juntos, mis hijas y yo, -como solía llamar Madame Fernanda a sus profesionales trabajadoras-, no somos un problema, somos una solución física y emocional. Pronto tendremos servicio a domicilio., Es más el gobierno debería legalizarnos y colocar un impuesto a nuestro consumidor, así ganan ellos y nosotras, como hicieron con el licor y el tabaco, y ahora hay cientos de destilerías y ¿cuántas tabacaleras?, hay sólo dos cosas que no se han dejado de hacer desde que el mundo es mundo, comer, y tener sexo. Que tamaña lección nos enseñó Eva y Adán, y seguirá pasando día a día. -Así solía mofarse del esperanzado sacerdote-, quién contrariado se retiraba no sin antes afirmar que llegará el día en el que el señor toque su corazón, mientras tanto él no desestimará intento alguno.

Como estas extremas y otras pocas excepciones, pocos podían resistir la fuerza de convencimiento que emana aquel líder religioso en su palabra y menos ser capaz de emitir un mal juicio en su contra. Por otro lado, pobres, desventurados, necesitados y cualquier requerente de caridad, hace fila fuera de la casa parroquial, a sabiendas que encontraran ahí una respuesta.

Faltando ya pocos minutos para las actividades programadas, el retornado sacerdote ultima detalles, revisa las canciones que entonará el coro, se pasea con ojo de cirujano desde el sagrario hasta la puerta principal y en zig zag desde las bancas laterales hasta la nave central, no encontrando mayor detalle. En las afueras de la iglesia comienzan a aglomerarse los antiguos y nuevos fieles, así como sus familiares, todos precavidos, saben que la liturgia más los otros actos sacramentales se harán largos y esperan poder hacerse de una de las limpias bancas. Las jovencitas en señal de un puro corazón, asisten vestidas de blanco, incluso las medias y los zapatos, cintillos lisos o de flores blancas que presionan sus cabelleras al cráneo resaltando las brillantes frentes (que en su mayoría las mamás intentan disimular con un pequeño velo también blanco), menos algunas familias más pudientes que con un sombrero terciado, combinado con unos finos guantes de seda y una cadena con una cruz de oro, intentan ganar prebenda con el altísimo.

Los niños se presentan trajeados modestamente en pantalón azul, (el mejorcito que tienen para ir a la escuela), zapatos negros bien embetunados y una camisa manga larga blanca con un lazo negro al cuello.

Como acostumbraba hacer años atrás, el peculiar sacerdote, personalmente abre las puertas de la iglesia, alterna la mirada entre su viejo reloj de aguja que marca las 3:45 pm y la multitud que busca cobijo bajo cualquier sombra para evitar el sudor tan temprano, aunque faltan 15 minutos y en contra de su marcada puntualidad, grita a la multitud "vamos entren", "vengan, pasen adelante a su casa". La muchedumbre hace caso, apura el paso e ingresan al recinto y extrañamente los primeros en entrar toman asiento en los bancos posteriores de cada nave, dejando de la mitad hacia adelante a medio llenar. Son ya las 4 :00 pm, continúan llegando invitados, pero se escucha por los parlante:

"Pater noster, qui es in caelis

Sanctificetur nomen tuum

Adveniat regnum tuum

Fiat voluntas tua

Sicut in caelo et in terra

Panem nostrum quotidianum

Da nobis hodie

Et dimitte nobis debita nostra

Sicut et nos dimittimus

Debitoribus nostris

Et ne nos inducas in tentationem

Sed libera nos a malo.

Todos dicen "amén" al unísono, aunque muchos no entienden lo que escucharon, los viejos creyentes se alegran recordando la particularidad de este religioso en sus misas, mientras que los novatos se miran entre sí buscando respuesta de lo sucedido. Este emotivo inicio de ceremonia marcará el desarrollo del acto de inicio a fin, envuelto todo en un verdadero canto celestial, liderado por Rosalí Kirt, una joven de apenas 19 años, quién se había adueñado y dado vida al coro en poco más de un año, momento en el que también llegó a la iglesia, buscando un lugar para pasar la noche ya que sus padres la echaron de casa por embarazarse faltando un año para terminar el bachillerato. Fue la esperanza de la familia. Aún ella y su madre no hacen las paces todavía, le recrimina también, más que el embarazo propio, el hecho de no saber quién tuvo la osadía de engañarle y preñar a la hija de sus ojos, única hija, y centro de atención donde estuviese, Rosalí era una chica mucho más alta que sus contemporáneas, de piel blanca, y ojos celeste claro, escasas cejas que disimuladamente se juntan entre sí, y para complemento una delineada sonrisa que cerraba en los extremos con dos hoyitos, le decían "la gringa" en el pueblo para referir que tenía aires de extranjera, y así era, en efecto tenían cierta razón, su madre llegó al pueblo embarazada de ella junto a su padre, procedente de España, huyendo también de la guerra, la altura de Rosalí indiscutiblemente fue heredada de su padre, hombre corpulento como alto, al menos dos metros de altura, y ciento sesenta kilos, pelo lacio, piel naranja y bastos bigotes disparejos marcados con dos hilos de amarillenta nicotina bajo las fosas nasales, Adrianno Kirt, se llama, un italiano maestro boticario en su antigua vida, profesión aprendida de generación en generación los últimos cien años, pero sin reconocimiento aún en su nuevo país y con la aparición de la farmacia y sus técnicos quedó relegado a hacer de mandadero, barrendero, pintor, ayudante general, maestro de italiano y cualquier otro honrado oficio que derive de la necesidad. Habla poco el español y parece estar, desde su llegada. Pensativo, pocas cosas lo motivan a la conversa.

En fin, Rosalí envolviendo al recinto de una serenidad extasiante y el sacerdote en procesión al mismo tiempo aprovecha para saludar entre las naves del tan repleto aforo a los viejos amigos, amigas, con quienes afloran y gozan en tantos recuerdos. el resto del coro la sucede mientras lo siguen cual escolta.

"Vienen con alegría Señor

Cantando vienen con alegría Señor

Los que caminan por la vida Señor

Sembrando tu paz y amor

Los que caminan por la vida Señor

Sembrando tu paz y amor" ...

Todo fue mágico aquel día, desde el salmo hasta la comunión, bueno, sólo una cosa tocó aún más la sensibilidad y atención del Sacerdote, quién siempre alerta esperaba interpretar mensajes divinos como guías del buen camino o un desvío oportuno del mal atajo y fue precisamente en el momento cuando una de las niñas que ansiosas esperaban en fila se disponía a comulgar y como respuesta a la afirmación del padre: -"El cuerpo de cristo"- esta, en vez de contestar amén-, de forma espontánea le dice: Padre, ¿Cuándo partirá? y ¿cuándo volverá a su casa?, y él, pensativo, como quién hurga en sus adentros apropiada respuesta, después de unos eternos segundos, con una lágrima que acompañó un quebranto de voz dice: "vendré apenas pueda, mi casa y ustedes, mis hijos los llevo siempre en el corazón.

-¡Dios te bendiga hija!, el cuerpo de cristo. – insiste el sacerdote-

- ¡Amén padre! -Responde y en reverencia, satisfecha se retira la inusual mensajera-.

Terminando la fila de comulgantes y luego de bendecir y despedir a los presentes, un par de horas más tarde, concluía para sí el sacerdote, que el evento fue un éxito, su misión fue cumplida, se dio un espaldarazo a la fe popular, sólo quedaría interpretar las señales divinas, que esta última semana han sido muchos.

Mil maneras

Sigo intentando mil maneras.

Que me nombres tu destino.

Cabalgar entre los bordes.

Confundirme en tus abismos.

Sigo intentando que tú quieras.

Un amor de los extintos.

Que te viste con la luna.

Y desnuda los instintos.

Sigo empeñado que tú quieras.

Más que amor, un infinito.,

Cuál gemido de la noche.

Acariciando tus caprichos.

Y es que en tu piel es va mi condena.

Entre tus labios mi delito.

Para purgar la vida entera.

Basta tu pecho yo me rindo.

Y es que en tu piel va mi condena.

Mirada frágil que me esconde.

Intentaré de mil maneras.

Que por destino usted me nombre.

Sigo empeñado que tú quieras.

Más que amor, un infinito.

Puedo purgar la vida entera.

Ahí en tu pecho, yo me rindo…

Sigo intentando en mil maneras

Sigo intentando que tú quieras…

Nilhomar Bordones

Capítulo VII

Un café más

La mañana siguiente de que el sacerdote Ángel por derecho divino absolviera a la mitad del pueblo de la mitad de sus pecados, decidió ir a caminar como solía hacerlo años atrás. Despertó como siempre a las 5:00 am, aunque no tenía un compromiso para madrugar, se jactaba de practicar el viejo adagio, adecuado por él "Sacerdote que madruga, Dios le ayuda". Aunque no era de ganarle al alba por voluntad propia, se apoyaba en un viejo reloj que encontró en la casa pastoral, de esos que tienen dos campanitas arribas, y una gallina que no se detiene de comer maíz cada segundo y de vez en cuando hay que darle algo de cuerda. Produce un estruendoso campaneo que lo despierta a él y a casi la cuadra completa.

Súbito se levanta de la cama y con los ojos cerrados aún, tanteando la pared con la palma de la mano, se dirige al baño sin tropiezo, disfruta el ducharse con agua fría, acicala su poblada barba, aplica exageradamente loción de pino en las manos y luego frota en el cuello, mejillas y brazos, no demora en vestirse. -quiere aprovechar el día-.

El tiempo esta contado para partir, y que bien lo sabía, quiso retomar una vez más su acostumbrado recorrido matinal, sólo que esta vez, pretendía ir muy lentamente, como quien disfruta de un último bocado, como una despedida de enamorado, apreció más al detalle todo lo que dejaba a cada paso, sabía que la providencia no daba fecha -si es que la hubiere- para una próxima visita y aunque los afectos no cupieran en su maleta, la nostalgia siempre acrecentaba las ganas de volver.

Al salir de la casa pastoral, (casa contigua a la iglesia) donde se hospedaba, se acercó a la esquina de la iglesia, viró a su espalda y tomando una gran bocanada de aire miraba idiotizado la majestuosa cumbre, dividida por larguísima cascada, pocas personas merodeaban por las calles tan temprano, la mayoría recién se acostaba a dormir, mientras que ya la brisa fría, se tornaba cálida.

Caminó pocos metros antes de iniciar de lleno el recorrido y sentóse en las bancas de la plaza Bolívar, Libertador, antigua plaza mayor en tiempos de la colonia. También absorto y yerto por minutos -como el autor en su poesía- buscaba descubrir el cielo entre los destellos de resplandor que se hacían paso tratando colarse por las tupidas y frondosas ramas de jabillo, apamates y un hijo de samán, que a especie de filtro aminoraban la calentura de la estrella mayor, entre otros de menor envergadura. Destellos que parecen estrellas en la noche clara, destellos que encantan, encajan y titilan en perfecta sincronía con el trinar de los aurinegros turpiales y gonzalitos, el sonoro cristofué y el alargado canto del martín pescador, entre otros tantos que se funden en el recital de aves.

Transcurrió media hora hasta que el ausente sacerdote volviera en sí y comenzara la agenda prevista, caminó parte de la avenida principal que dividía al pueblo en dos, norte y sur.

Grandes casonas, herencias de las primeras familias fundadoras del pueblo aún resisten al paso del tiempo, casas de adobe y bahareque se alternan entre las novedosas construcciones de bloques de concreto, y cabillas, aunque todas -las que están pintadas-, sin excepción alguna, lucen llamativos y alegres colores, amarillo, naranja, azul, verde entre otros que saben combinar con tonos más suaves entre las mismas paredes, puertas, portones y rejas. Otras viejas viviendas sólo han recibido en años, baños de cal hidratada, tornándolas el paso del tiempo, amarillentas o grisáceas, coronadas por una mohosa sombra que escurre, producto de los fuertes y húmedos inviernos.

Dobló a mano izquierda en la avenida Pedro de Tovar, pasó la Escuela Nacional y continuó retraído atravesando sin darse cuenta, lo que quedaba de la vieja estación de ferrocarril, hace cincuenta años que dejó de ser útil al pueblo, o dejó de ser negocio para algunos. Ahí le gustaba ir, sentarse en uno de los bancos de hierro forjado e imaginarse como debió haber sido aquel ajetreo, entre la llegada del tren del puerto o ciudades lejanas, la descarga de mercancía, el intercambio de pasajeros y la carga de maíz, algodón, caña de azúcar entre otros.

Quizás por la inercia que nace de la costumbre, giró a la derecha en la calle Brión (la única calle que aún se mantenía de piedra en el pueblo) se topó con el viejo don Pedro de la pulpería "San Pedro", quién comenzaba a levantar la santamaria y no escatimó para ofrecerle sopa de curito (pescado) para después del mediodía.

Continuó el andar y detuvo su marcha, -agobiado ahora por la emoción que brota cuando van cobrando vida los recuerdos-, en la casa marcada con el número 24, -debía saludar a una gran amiga-. Casualmente antes de tocar a la mediana puerta del jardín, se percata que va saliendo una jovencita, aflorando risas, lleva en mano un balde y escoba, de inso facto le reconoce.

- ¡Buen día padre!, su bendición. -dice, mientras continúa riendo-.

- ¡Dios te bendice hija mía!, y ya soy sacerdote, -corrige, riendo- pero no te preocupes, casi todos por costumbre suelen llamarme padre, y en verdad que no me aflige en lo absoluto.

- ¡Una pregunta! ¿Vives en esta casa? –interpela el sacerdote a la jovencita-

- Si, si, si padre, aquí vivo desde que nací, ja, ja, ja, ¿y a quien busca? -responde la jovencita entre carcajadas-.

- Busco a una vieja y gran amiga, me ayudó mucho cuando recién llegaba al pueblo, hace años, la señora Guadalupe, hace mucho tiempo que no sé de ella –suspira el "padre" nostálgico-.

- ¡Ay padre, lo siento!, ella murió hace algunos años, estaba yo por nacer, me dice mamá., me hubiese gustado conocerla, todos habla tan bien de ella. -responde la jovencita, con la misma nostalgia-.

- ¡Que dios la tenga en su gloria!, que en paz descansé su alma, gran mujer, le debía una visita y varias conversaciones, cuando partí del pueblo no alcance despedirme, era mi amiga, mi buena amiga. -comenta el padre, emocionalmente afectado-

- Y usted ¿es su familia?, ósea ¿usted es familia de la señora Lupe? no me digas que por fin volvieron sus hijos. Uno estaba de viaje y otro de servicio militar, si mi memoria no me falla.

- ¡Espera un momento!… -hace esfuerzo por recordar el padre-

- ¿Usted no es la jovencita preguntona de anoche en la misa?

- Si, así es padre, ¡soy yo! Ja, ja, ja. ¡tardo mucho en descubrirme! -Responde riendo con picardía-.

- Y ¿Cuál es su nombre? -dice el sacerdote-.

- María, padre, me llamo maría.

- Y la señora Guadalupe que usted busca, era mi abuela y mi….

¡María hija ¿aun no te has ido?! -preguntan a gritos desde dentro de la casa- ¡te he dicho que no hables con extraños!

- ¡Mamá!, ven un momento. -grita también la jovencita-. ¡Buscan a mi abuela!
- ¡Entonces! -concluye el sacerdote- ¿eres hija de María? Y tu mamá ¿sigue viviendo acá, están de visita o cuando volvieron?
- Si padre, de hecho, me llamo María., un gusto en conocerlo. Después de la muerte de mi abuela, mi mamá volvió al pueblo, yo no lo conocía, pero ¡me ha gustado muchísimo!

Al sacerdote lo vistió un minuto de silencio y de nuevo se perdió en sí.

- ¡Padre! Debo irme, sino voy a llegar tarde, deme su bendición, voy a la iglesia, me están esperando para colaborar con la limpieza. -interrumpió y exigió la niña María al desconcertado religioso-.
- Te bendigo hija, en el nombre del padre, el hijo y el espíritu santo. Ve con Dios. –se marchó la jovencita- y el padre -pensativo- la sigue con la mirada hasta que da vuelta en la esquina.

Abren la puerta y se escucha a la madre murmurar: ¡Al fin!, conseguí las llaves, cuando uno más las necesita, ¡no recuerdas donde las dejaste!

- ¡Hola padre!, ¡que grata sorpresa!, Bueno "padre" ¡no!, ¡sa-cer-do-te! – sonríe María madre- tantos años.
- ¿Cómo has estado mujer?, que alegría de verte, -emocionado el sacerdote responde el abrazo que espontáneamente le regala maría madre- siento mucho lo de la señora Lupe. No lo sabía.
- Ha sido un golpe muy duro para mí, todavía no lo supero -comenta María madre, al mismo tiempo que aguan sus ojos y la voz se le entristece-, sobre todo porque a veces me siento tan culpable, perdió a sus hermanos y luego perderme a mí, su única hija, todos sin poder darle una explicación.
- Todos cometemos errores, -afirma el sacerdote- no te juzgues, no seas tan dura contigo misma, todos cargamos de la cruz. Y la jovencita ¿Es tu hija? -Indaga en busca de respuestas a las señales-.
- Si, mi única hija -dice María madre- mientras exhala lentamente -

- ¿Te casaste? Tampoco lo supe. –continúa preguntando sorprendido el sacerdote-.

- ¡No, nunca me casé! ¡he tenido un solo amor! Y de él, nació mi hija. No creo poder compartir un pedacito de mí con alguien más. Y mi hija -añade María madre- se llama María del Ángel López.

- María como su madre y Ángel como su padre. -detalla la madre-.

- Inmóvil -el Sacerdote-, trata sin éxito emitir palabra alguna.

- Ángel, hablemos, son muchas cosas que asimilar, -consuela María madre-. Vamos entra, te invito una taza de café, ¿Qué dices? la mecedora que tanto le gusta, aún permanece en el patio.

Asintió con la cabeza el Sacerdote Ángel Hurtado -aún confundido, pensativo-, tratando de conectarse con la realidad. Entró a la casa y pasó directo al patio, mientras que María puso a hervir el agua para colar el café.

Ángel tocaba en su mayoría las plantas y apartaba las largas ramas, que a falta de poda se atravesaban al paso. Se posó bajo el mango unos minutos y terminó el recorrido -aun sin emitir palabra alguna- balanceándose en la desajustada y ahora más chillona mecedora por la vieja y reseca madera.

Y tal como lo había predicho el carmelita. Llegó el día en el que:

Una hija conoció a su padre.

Un "padre" le dio la bendición a su hija.

Una mujer fue libre.

La mecedora se detuvo (nuevamente).

Y de dos tazas de café, tan sólo bebieron un sorbo.

La verdad sea dicha.

Y os hará libre.

Por el momento.

-Fin-.

www.ingramcontent.com/pod-product-compliance
Lightning Source LLC
LaVergne TN
LVHW010118170826
845678LV00012B/2476
* 9 7 9 8 8 4 6 7 1 7 3 4 3 *